Margot
scargot

Barnabé
le scarabée

Hug...
la g...

Mireille
l'abeille

César
le lézard

Luce
la puce

...éonard
...têtard

Merlin
le merle

Oscar
le cafard

Lorette
la pâquerette

Luna
la petite ourse

Camille
la chenille

Solange
la mésange

...iolette
discrète

Adrien
le lapin

Loulou
le pou

Prosper
le hamster

Grace
la limace

Ursule
la libellule

Gabriel le
lutin de Noël

...enjamin
...Père Noël
...jardin

Georges le
rouge-gorge

Lulu
la tortue

Théo
le mulot

Gallimard Jeunesse/Giboulées
Sous la direction de Colline Faure-Poirée
et Hélène Quinquin
Direction artistique : Syndo Tidori
Édition : Patricia Guédot
© Gallimard Jeunesse 1999
© Gallimard Jeunesse 2017 pour la nouvelle édition
ISBN : 978-2-07-507497-1
Premier dépôt légal : mai 1999
Dépôt légal : avril 2020
Numéro d'édition : 359832
Loi n° 49956 du 16 juillet 1949 sur
les publications destinées à la jeunesse
Imprimé en France par Pollina - 93271 F

Les drôles de petites bêtes

Solange la mésange

Antoon Krings

Gallimard Jeunesse Giboulées

Dès l'arrivée du printemps, les oiseaux se mirent à gazouiller sur les branches du vieux sapin encore endormi. Les moineaux et les étourneaux furent les premiers à chanter. Puis apparurent le beau merle et sa merlette, la grive musicienne et, de retour d'un long voyage, les roucoulants ramiers. Bientôt, jusqu'à la cime de l'arbre, tout ne fut que chants de joie et tendres sérénades. On ne pouvait imaginer plus doux réveil pour le vieux sapin.

Mais, pour Solange la mésange, qui vivait là bien tranquillement dans sa petite maison de bois, il y avait de quoi déchanter. Entendre toujours les mêmes rengaines et voir les nids se construire hâtivement autour de chez elle la rendaient de fort mauvaise humeur. «Allez-vous-en! Disparaissez, ou je vous cloue le bec! sifflait-elle furieuse. J'ai besoin de calme pour pondre mes œufs.»

Mais les bâtisseurs se contentaient de rire et reprenaient leur ouvrage en chantant de plus belle. Quand les nids furent tapissés de mousse et garnis de duvet, les œufs ne tardèrent pas à venir… et à éclore. « Pip ! Pip ! Pip ! » firent un beau matin les oisillons devant leurs parents éblouis. « Maintenant que ça ne roucoule plus, ça piaille », soupira alors la mésange, qui n'arrivait toujours pas à pondre.

«Je préfère encore l'hiver et ses misères
à cet… » Mais elle ne put terminer sa phrase
car, à cet instant, quelque chose venait juste
de tomber sur le pas de sa porte avec un
« Coucou ! » retentissant. Solange poussa
un cri d'épouvante. Devant elle, une créature
sans plumes la regardait fixement en ouvrant
le bec. « Voilà, il ne manquait plus que ça : un
petit tombé du nid ! » s'exclama-t-elle indignée.

Puis, s'adressant à l'oisillon, elle lui demanda d'une voix rassurante :

– Où se trouve ton nid, petit ?

– Coucou ! Coucou ! répondit aussitôt l'oisillon en sautillant sur place.

– Montre-moi au moins une branche, insista la mésange d'un air agacé.

– Coucou ! Coucou ! répéta l'oisillon.

Et comme il répondait toujours la même chose, Solange commença à perdre patience. Elle attrapa alors fermement le petit par la queue et vola jusqu'au nid le plus proche, celui du merle.

– Dites, il ne serait pas à vous, par hasard, ce vilain coucou?

– Quoi! À moi? s'exclama le merle, courroucé. Cette espèce de moucheron!

– Oui, à vous, cet affreux moucheron déplumé, renchérit la mésange en s'envolant déjà vers un autre nid.

– Comment pouvez-vous dormir aussi
tranquillement, madame la grive ?
Votre petit vient de tomber. Volez vite
à son secours !

– Que me chantes-tu là, vilaine mésange ?
s'écria la grive. Ne vois-tu pas que je couve
encore mes œufs ?

Et elle se mit à siffler de toutes ses forces
pour chasser l'effrontée, qui s'envola.

Solange se posa sur une branche où
se balançait un gros ramier.

– Où as-tu déniché ce moucheron? lui
demanda le pigeon d'un air méprisant.

– Je voudrais bien le savoir, répondit
la mésange au désespoir.

– Voilà une créature bien disgracieuse,
fit d'un ton maussade le pigeon en
allant se réinstaller sur son nid.

– En tout cas, disgracieuse ou pas, moi
j'en ai assez! s'écria Solange. Je rentre
pondre mes œufs!...

… Quant à toi, poursuivit-elle en se tournant furieuse vers l'oisillon, débrouille-toi !

Et elle s'en alla à tire-d'aile, espérant ne jamais plus le revoir. Mais c'était sans compter sur la ténacité de la petite créature, qui revint aussitôt se poster devant chez elle. Fatiguée par tant d'insistance, Solange renonça à chasser l'oisillon et le fit même entrer pour avoir la paix.

Hélas, la paix fut de courte durée, car
à toute heure du jour comme de la nuit,
l'oisillon sautillait jusqu'à la fenêtre,
l'ouvrait en grand en criant à tue-tête
ses « Coucou » retentissants. Alors, plus
furieuse que jamais, Solange l'attrapa,
et tandis que le pauvre faisait « Kiii ! Kii ! »
d'une petite voix apeurée, elle l'emporta
à travers le jardin pour s'en débarrasser
dans une haie.

Or, Benjamin le lutin, qui semblait chercher quelque chose autour de chez lui, eut soudain la mine réjouie en les voyant : «Ah! Ah! Te voilà enfin, vilain coucou! Remonte vite dans la pendule et dépêche-toi de te remettre au travail. Je ne sais même pas si c'est l'heure du goûter ou de la sieste! Seulement, pour jouer à cache-cache, il n'y a pas d'heure quand on est un petit zoziau. Pas vrai, madame la mésange?»

Mais Solange n'était plus là pour l'écouter. Je crois bien qu'elle avait déjà assez perdu de temps comme ça, et elle volait vers son vieux sapin pour y pondre des œufs. Et cette année, elle en eut douze.

Marie
la fourmi

Louis
le papillon
de nuit

Capucine
la coquine

Marguerite
petite reine

Juliette
la rainette

Odilon
le grillon

Pasc
la cig

Valérie la
chauve-souris

Benjamin
le lutin

Patouch
la mouche

Adèle
la sauterelle

Siméon
le papillon

Henri
le canari

Nora pet
de l'Op

Noémie
princesse
fourmi

gaston
le caneton

Victor
le castor

Pierrot
le moineau

Édouard
le loir

Pat
le mille-pattes

Bell
la cocc

Bob le
bonhomme
de neige

Blaise
et thérèse
les punaises

Maud
la taupe